TRONCO DE CANOA

TRONCO DE CANOA

ADILSON ZAMBALDI

Copyright © 2023 Adilson Zambaldi
Tronco de canoa © Editora Reformatório

Editor:
Marcelo Nocelli

Revisão:
Natália Souza

Imagens da capa:
"Tempos vividos", óleo sobre tela, de Tiano Mendes

Designer da Capa:
Rodinei Morillas

Design e editoração eletrônica:
Karina Tenório

Dados Internacionais de Catalogação na Publicação (CIP)
Bibliotecária Juliana Farias Motta CRB7/5880

Zambaldi, Adilson
    Tronco de Canoa / Adilson Zambaldi. — São Paulo: Reformatório,
2023.
    124 p.: 12x19cm

    ISBN: 978-65-88091-88-3

    1. Poemas em prosa brasileiros. I. Título.
Z23t   CDD B869.1

Índice para catálogo sistemático:
1. Poemas em prosa brasileiros

Todos os direitos desta edição reservados à:

EDITORA REFORMATÓRIO
www.reformatorio.com.br

[Ubatuba/SP]
*Dedicado aos caiçaras e às
suas muitas canoas.*

Para Nina,
nossa semente.

Sumário

[NORTE]

Praia do Camburi, 17

Praia do Groza, 18

Praia Brava do Camburi, 19

Praia da Picinguaba, 20

Praia das Bicas, 21

Praia da Fazenda, 22

Praia da Taquara, 23

Praia Brava da Almada, 24

Praia Laço da Cavala, 25

Praia do Engenho, 26

Praia da Almada, 27

Praia do Estaleiro do Padre, 28

Praia do Ubatumirim, 29

Praia da Justa, 30

Praia da Surutuba, 31

Praia do Puruba, 32

Praia do Meio, 33

Prainha, 34

Praia do Léo, 35

Praia do Lança, 36

Praia Canto Itaipu, 37

Praia do Prumirim, 38

Praia das Conchas, 39

Praia do Félix, 40

Praia do Português, 41

Praia Brava do Itamambuca, 42

Praia do Itamambuca, 43

Praia do Alto, 44

Praia Vermelha do Norte, 45

Praia Saco da Mãe Maria, 46

Praia da Barra Seca, 47

[CENTRO]

Praia do Perequê-Açú, 51

Praia do Matarazzo, 52

Praia do Cruzeiro, 53

Praia do Itaguá, 54

Praia do Porto, 55

Prainha do Cais, 56

Praia do Cedrinho, 57

Praia Vermelha do Centro, 58

Praia do Tenório, 59

Praia Grande, 60

[SUL]

Praia das Toninhas, 63

Praia do Godói, 64

Praia de Itapecerica, 65

Praia da Tapiá, 66

Praia de Fora, 67

Prainha da Enseada, 68

Praia da Enseada, 69

Praia da Boa Vista, 70

Praia da Santa Rita, 71

Praia do Perequê-Mirim, 72

Prainha do Promontório, 73

Praia Brava do Perequê-Mirim, 74

Praia do Lamberto, 75

Praia do Codó, 76

Praia Saco da Ribeira, 77

Prainha da Ribeira, 78

Praia da Ribeira, 79

Praia da Dionísia, 80

Praia do Flamengo, 81

Praia do Flamenguinho, 82

Praia das Sete Fontes, 83

Praia da Sununga, 84

Praia do Lázaro, 85

Praia Domingas Dias, 86

Praia da Palmira, 87

Praia da Barra, 88

Praia Dura, 89

Prainha do Tesouro, 90

Praia do Doca, 91

Prainha da Vermelha, 92

Praia Vermelha do Sul, 93

Praia do Mocó, 94

Praia do Costa, 95

Praia Brava da Fortaleza, 96

Praia da Fortaleza, 97

Prainha da Fortaleza, 98

Praia Cedro do Sul, 99

Praia do Deserto, 100

Praia Grande do Bonete, 101

Praia do Bonete, 102

Praia do Peres, 103

Praia do Oeste, 104

Praia da Lagoinha, 105

Praia do Sapê, 106

Praia da Maranduba, 107

Praia do Pulso, 108

Praia da Caçandoca, 109

Praia da Caçandoquinha, 110

Praia da Raposa, 111

Praia Saco das Bananas, 112

Praia do Simão, 113

Praia da Lagoa, 114

Praia Mansa, 115

Praia da Ponta Aguda, 116

Praia da Figueira, 117

Praia das Galhetas, 118

Tronco de Canoa, 119

Agradecimentos, 121

[NORTE]

Praia do Camburi

Primeiro encontro. Já foi ao poço do amor? Visitei o fundo várias vezes. Não transamos, mas caminhamos por horas. A trilha que sai da praia do Camburi atravessa a comunidade quilombola e se perde na mata, entre respingos de cachoeiras que despencam rumo ao mar.

Praia do Groza

Uma praia em formação, diria um geólogo. Eu digo que é uma praia de muitas pedras e poucos amigos. Coisa rara encontrar alguém. Nem o oceano suporta o descaso: a praia só aparece quando a maré vaza. Em um desses desencontros, sou tomado pela solidão. Não sinto tristeza, não sinto felicidade. Sinto apenas a vida se esvair enquanto a maré sobe. A praia sempre estará ali, mesmo submersa. Eu, não.

Praia Brava do Camburi

Remava, remava, remava e a arrebentação ali, borrifan-
do. Cada vez mais perto. Onda após onda, martelada
na minha cabeça. Os braços dormentes faziam a prancha derivar. Até que uma espuma forte venceu meu
cansaço, caí. E caído, firmei os pés no chão do raso.
Havia regressado ao ponto de partida, sem perceber.
Surfar não me levou a lugar nenhum.

Praia da Picinguaba

Excursão à Vila dos Pescadores é sempre festiva. E a chegada do ônibus escolar foi celebrada com doses generosas. Servida às escondidas, a cachaça de raiz é o elixir da valentia, âncora de marujo em mar revolto. Após algumas goladas, os meninos ficaram desinibidos e, diante dos mergulhadores mais experientes, não esconderam a surpresa. Os grandes caninos da caranha mais pareciam presas. Para amansar o perdigueiro de escamas foi preciso apenas um tiro de arpão, direto na cabeça. Sessenta quilos de agressividade amordaçados. A caranha tinha o peso dos meninos.

Praia das Bicas

A sola do pé toda cozida. Já provou ensopado de gente? Pois é isso que se faz na praia das Bicas, ensopado de gente. E não reclama do sal, do sol, do gosto da água do mar, que, quando mistura com a água do rio — Fazenda ou Picinguaba — deixa tudo salobre. Aí é só cozinhar o galo, o rabo e a pança toda nessa água quentinha que mais parece mijo. A natureza se mijou toda. E quem não se mija com esse calorão, depois de umas latinhas de cerveja. O miolo todo cozido, ensopado de gente fresca.

Praia da Fazenda

A panapaná tinge a nascente que se despeja pela serra. Uns duzentos metros mar adentro, a borboleta azul se debate feito peixe em goela de gaivota. Nem tudo que se debate voa. Cem dias, foi o tempo que um navegador levou para cruzar o Atlântico num barco a remo. Entre céu e mar, a borboleta azul afundou na terceira ondulação.

Praia da Taquara

Ademar passou mais de seis horas flutuando entre os plânctons. Ademar caiu do barco de pesca na madrugada e só foi encontrado com o sol formado no céu. Ademar não temeu a morte um minuto sequer, apenas lamentou a escolha do mar. Ademar sobreviveu ao naufrágio para acabar assim, afogado nas memórias. Em noite de lua, a lembrança da maré baixa e o corpo do seu filho enroscado nos mariscos.

Praia Brava da Almada

A paz é uma batalha diária. Quem encara o mar bravo? Nem surfistas de ondas grandes, amansadores de maremotos, enfrentam mar mexido. Praia tranquila é praia brava. Igual gente. Para conquistar a paz, barreiras não bastam. É preciso resistir às invasões. Atravessei uma montanha para chegar até aqui, o que não me dá direito a absolutamente nada.

Praia Laço da Cavala

Era daqui que vinha a cavala. Azul-marinho de verdade vai cavala. Mas dá para fazer com garoupa, robalo ou anchova. Só que era daqui, dessa praia, que vinha a cavala. Azul-marinho de verdade vai cavala e banana-de-são-tomé. Mas se a nanica tiver bem verde também dá para fazer. Porém, insisto, era bem daqui, destas águas, que vinha a cavala. Azul-marinho de verdade vai cavala e banana-de-são-tomé cozidas em panela de ferro. Mas dá para fazer com panela de barro: o caldo não fica azul e a gente chama a mistura de peixe com banana. Nada contra o peixe com banana, desde que não falte o pirão.

Praia do Engenho

Crustáceos atracados em calcanhares desatentos. A craca que se forma nas colunas ásperas do pequeno cais é a mesma que se aloja nas rochas, nos cascos das embarcações e na carapaça da pequena tartaruga que desaponta a agitação dos curiosos com um ou outro mergulho em águas mais profundas.

Praia da Almada

Ao percorrer os guarda-sóis coloridos, lembro das tainhas em brasa, servidas em folhas de bananeira, as cervejas de garrafa, meia dúzia de cascos, e a rede regressa do mar. Mas nesta tarde de nuvens entristecidas, lamento o nosso distanciamento e os excessos da memória: o mais belo pôr do sol que a gente avistou, foi daqui.

Praia do
Estaleiro do Padre

Manhã abafada e eles se contorcendo. Ora mais rápidos, ora mais lentos. Parecem um casal. Namorados? Não entendo de peixes. Caminhamos em direção aos dois. Eles, afogados em areia. Nós, sufocados pela ordem do dia. Devolvê-los à água? Jamais. A gente é do tipo que agoniza junto.

Praia do Ubatumirim

Os adornos de palha e algodão cru, ao final de um longo tapete de sisal, renderam belos enquadramentos para a paróquia improvisada. Dos convidados mais ilustres, um naufragado de smoking caminhava sem jeito pela areia. O pinguim-de-magalhães logo foi visto pelos padrinhos e madrinhas como símbolo de má sorte. O casamento não passou do segundo verão.

Praia da Justa

Urubus dividem o pescado com as gaivotas. Crianças se dividem entre as que sobem em chapéus-de-sol e as que mergulham em águas sombreadas. Depois da guerra de areia, ganha quem aguentar a trilha pelo morro ou a braçada até a ilha. Quem morre primeiro?

Praia da Surutuba

Minutos depois da picada, da ardência, o veneno bateu e a noite desabou. Diante da minha vista escurecida, o morro barrigudo afundou. O morro virou peixe. Um peixe peludo que recitava o meu nome. E tantas outras palavras embrulhadas em notícias de jornais.

Praia do Puruba

O guaiamu é um caranguejo escuro azulado de grande porte. Suas pinças desiguais, no caso dos machos, podem chegar a medir trinta centímetros. É um crustáceo da noite, de toca própria. Comem frutos, folhas e animais em decomposição. Atingem a maturidade sexual aos quatro anos e seu ciclo reprodutivo depende do verão e das fases da lua. A fecundação é interna e poligênica. Ou seja, vários machos para uma fêmea. A guaiamu que atacou meu calcanhar durante a travessia do rio para a praia achou que eu estava morto ou que minha pinça fosse gigantesca, já que para a fêmea, quanto maior a pinça, maior a atração. Bem, devo dizer que ainda estou mancando e nada fiz a respeito. Desde 30 de maio de 2018, a portaria 161 do Ibama proíbe a captura de guaiamu. Quem for flagrado com o crustáceo está sujeito ao pagamento de multa de R$ 5 mil por unidade.

Praia do Meio

É meu, tudo meu. Sai daqui. Passa. Xô. O quê? Que foi? Já disse, é tudo meu. Meu pai deixou pra mim. Tijolo por tijolo. Sabia, não? Essa areia é herança. E os caiçaras? Meu pai pagou. Agora é tudo meu. Sai daqui. Passa. Xô. Meu pai deixou, telha por telha. Sabia, não? Cada passarinho. A caiçarada? Que que tem? Já falei. Meu pai pagou. Agora é meu, tudo meu. Sai daqui. Passa. Xô. O quê? Que foi? Já disse, meu pai deixou, parede por parede. A vista toda da varanda. Sabia, não? Tá pago. É meu.

Prainha

Água clara; chicharros, baiacus, garoupas, sinhá-rosas e ouriços-do-mar. Em uma dessas descidas em busca de uma toca de lagosta, no vaivém da correnteza, acabei apoiando em um ouriço-do-mar. Os espinhos inflamam. Mas antes de inflamar, doem. Uma dor que amoleceu meus braços, escapando a lagosta. No vaivém da correnteza me arrastei até a prainha. E ali fiquei, entre as pedras, fisgado pelo ouriço-do-mar. Na mão inchada, o arpão desarmado.

Praia do Léo

Um dinossauro, em seu milésimo banho de sol, não percebeu a garotinha com as mãos lambuzadas de protetor solar e suco de maracujá. Sempre tão astuto, o dinossauro, não percebeu o susto. Nem o estranhamento dos dragões, o engasgo do contador de histórias e o palito-bandeira no alto do castelo de areia. O dinossauro, em seu milésimo banho de sol, não havia se atentado aos farelos de biscoito, aos milhões e milhões de anos evolutivos dos vírus, das bactérias, e nem àquela mistura estranha de hidrogênio, oxigênio e cloreto de sódio. O dinossauro, em seu milésimo banho de sol, já não seria um lagarto de costeira. Não para a garotinha com as mãos lambuzadas de protetor solar e suco de maracujá.

Praia do Lança

A Ilha do Prumirim possui uma faixa de areia convidativa vista daqui. Não lembro o que me levou a trocar aquela bela faixa de areia por este pequeno espaço selvagem. Gostaria de saber também onde foi parar minha sunga e porque essas outras cinco pessoas despidas estão amarradas.

Praia Canto Itaipu

Cada vazar de maré é um tempo de nota. Líquidos graves preenchem o canal auditivo, arrastando os tímpanos para uma sinfonia complexa de areias encharcadas, metais enferrujados e improvisos de todos os tipos: teias, teiús, conchas, caramujos, caranguejos, remadores e motores de popa. Arranjos de mariscos em pedra de encosta, onde os pássaros fazem silêncio às ondas.

Praia do Prumirim

Deixei a covardia sobre a pedra e saltei rio abaixo. Depois de alguns metros, o cheiro forte de bicho, de mato e o silêncio, essa acústica do medo. Mata Atlântica é um mato que exige vigília, de belezas afloradas e perigos camuflados. Desta vez, enxergamos o mau presságio a tempo; cansada do banho de sol, a cobra serpenteia de uma margem à outra, retendo nossos passos a meia cintura.

Praia das Conchas

As conchas que agora confortam os calcanhares dos banhistas são as sobras do último confronto. Desgraçadas pelas estrelas-do-mar. Um exército inteiro em ataque, subjugando o belo, a arte, a riqueza das bivalves. Conchas são escudos rompidos, escorando calcanhares.

Praia do Félix

À direita, famílias se aglomeram à sombra das copas volumosas enquanto moleques fazem guerra de areia e, vez ou outra, atingem as senhoras imersas num palmo de água doce que se desmancha entre as ondas. À esquerda, surfistas manjam os corpos esparramados sobre as cangas. No meio disso tudo, toda sorte de biquínis, bermudas fosforescentes, cores de sorvete gelado e milho quente. Diante da noite que cai, vagalumes iluminam a trilha que nos leva de volta à realidade.

Praia do Português

O desbravamento se dá pela costeira. Uma migração pálida, de protetores solares e pés avermelhados. Na maré baixa, a água transparece a areia grossa e o desajeito dos turistas com os mariscos. Miro na sagacidade das saíras-sete-cores, verdazulando a mata. Será seu pio uma cantiga ou um grito de liberdade? Liberdade que só elas conhecem, de serem elas-próprias-suas-cores.

Praia Brava do Itamambuca

Quem vê a maria-farinha na beira da toca, não imagina. Minutos atrás, beliscou banana, entocou amendoim. Subiu na canga, pinçou meu mindinho, assustou meu cochilo. No ensaio do enfrentamento, abanei o boné, ela se foi, esfarelando a areia.

Praia do Itamambuca

Aproveita que o céu está limpo, pega o farolete e a lança. Esqueceu o repelente? Lá vem outra nuvem. Insetos atraem os peixes menores, que atraem os grandes. Liga. Liga. Acendeu? Mira na água. Virei isca de pernilongo. A ceva é aqui? Joga a luz na água. Isso. Mira pra frente. Presta atenção. Ai, ai, graúdo o danado. Prepara a lança. Lança, lança, agora. Ah, por pouco. Rema mais. Rema mais. Tá puxado? Aproveita a correnteza. No próximo, a gente mata. Agora. Na esquerda, mira o farolete. Devagar, devagar. Rápido. Atira, atira. Escapou de novo? Troca de lugar. Toma o remo. Agora vai, vai, vai. Fisguei. Puxa, puxa, puxa. Tá vindo? Uns dois quilos. Caramba, outro pernilongo. Empresta o balde. Ajuda a tirar água, né. Já pegou onda de stand up? À noite?

Praia do Alto

A corrente escapou da catraca. Terceira vez em menos de quinze minutos. Faltam dez para chegar. E tem a subida. Enquanto acerto a bicicleta, o anzol fisga meu cotovelo. A dor faz com que tudo vá ao chão. O anzol crava mais fundo a carne. Apenas na terceira tentativa, retiro o anzol. Recolho os apetrechos de pesca e levanto a bicicleta. O sangue escorre pelo antebraço e mela a manopla. Agora em pé, pedalo forte morro acima, até chegar à trilha de acesso à praia. Tranco o quadro da bicicleta na placa que indica a Praia do Alto. Olho para baixo. Do asfalto, a descida é íngreme. Não demora muito e fico enroscado na galhada. Ainda bem que não fiquei para almoçar. Era capaz da noite chegar primeiro.

Praia Vermelha do Norte

Ela me deixou falando sozinho. Mas a outra me escutou, apesar do som alto. Vai uma bala? A outra aceitou. E um beijo? A outra não disse nada. Mas também não disse não. Pediu para esperar o efeito da bala. O efeito, os sons, as luzes e o sol, que surgia meio tímido quando corremos nus em direção às ondas. As roupas emboladas no jundu.

Praia Saco da Mãe Maria

Encontrei um cardume de pedras no Saco da Mãe Maria. Os rochosos estavam em meio às bromélias, esparramados pelas areias, furando as ondas. Exóticos, cardumes de pedras são difíceis de trazer na linhada. Pergunte para um pescador.

Praia da Barra Seca

Bananeiras. Uma ilha toda de nanicas. Nossa republiqueta. Esfolo os troncos suculentos com o fio enferrujado do facão. Cada talhada escorre uma nódoa clara que, em contato com o algodão, mancha a infância. Desespero de mães e fabricantes de sabão em pó. O negócio todo está no tronco, juntados numa amarração de cipó verde. Do barranco direto para o rio. Marujos em jangadas de bananeira, boiando pela tarde ensolarada.

[CENTRO]

Praia do Perequê-Açú

Adolescentes jogam fliperama, futebol, andam de patins, empinam bicicletas. Adolescentes matam aulas, abandonam colégios, pulam muros e picham paredes. Adolescentes também mijam no coreto, fumam cigarros de cravo e se entediam. Aí cruzam a ponte, tomam sol, tubaína e furam as ondas.

Praia do Matarazzo

A pesca seguia bem. Os meninos fisgavam um peixinho atrás do outro. E colocavam as iscas miúdas nos anzóis e comemoravam cada puxadinha que fosse. Num rochedo ao lado, um velho pescador seguia a tarde de cócoras, lançando e trazendo sua linhada. Não demorou muito para as provocações começarem. Os meninos exibiam os numerosos peixinhos ao velho pescador que permanecia em silêncio. Quando a noite se aproximava, ouviu-se um assobio. Era o velho pescador que, agora, em sorriso largo, exibia uma fieira com três robalos, pesando dois quilos cada um. E o carduminho dos meninos se agitando na sacola de feira.

Praia do Cruzeiro

Paz de Iperoig acaba com a chegada do verão, milhares de turistas invadem as areias tupinambás, com dialetos próprios e roupas da moda. Seus rituais envolvem música, álcool e outras drogas recreativas. E pensar que o rolê madrugada adentro teve início em 1563, com o Padre José de Anchieta, proclamando seu "Poema da Virgem", em latim.

Praia do Itaguá

Pedalando pela orla, avistei uma enorme mancha na água. Mais escura que as areias terapêuticas do Itaguá. Famílias inteiras migravam de longe para se cobrir com o lodo preto, esperança de melhora de artrites e outras enfermidades. Hoje, o experimento pode render micoses e urticárias. Minha coceira era de curiosidade. A mancha parecia flutuar em direção contrária ao vento, uma mancha de vida, escapulindo entre as redes dos pescadores. Grandes cardumes são escorregadios, feito óleo.

Praia do Porto

A maresia não alivia as passadas. Menos largas, menos firmes e com dor. Canelite. Após duas horas correndo, aproveito a parada para contemplar o colorido dos barcos de pesca ancorados aleatoriamente na baía. A pequena praia revelada na maré baixa é um convite ao mergulho. Entre a leveza das ondulações e o peso das pernas após vinte e dois quilômetros de trote, penso nos cavalos, os marinhos, peixes simpáticos e elegantes, porém lentos. O que faz de nós dois, presas fáceis neste imenso aquário.

Prainha do Cais

As boias de pesca noturna viajam pelo céu sem estrelas até afundarem em uma porção de mar acinzentado. Travo o molinete e dou um trago para amansar a ansiedade. Até que a noite sem lua fica mais bonita aqui do cais. Mal vem o sorriso nos olhos e o silêncio que antecede o primeiro tranco é dissipado. Estico a vara, puxo, dou mais linha, enrolo mais um pouco, solto. O peixe salta. Dou mais linha, puxo, espero, a linha vibra, esticada, zunindo. Ele puxa de um lado e eu do outro. E vamos neste ziguezague, até afundar num puxão. Forte, bravo, decidido a estourar a linha. Recolho o molinete. Dou mais um trago. A madrugada está fria.

Praia do Cedrinho

A falta do almoço começa a embaralhar a vista. Nenhum pé de abricó para aliviar a fome. Lembro de um tio da capital que costumava fatiar o peixe ainda cru e o banhava no shoyu. Nunca tive coragem de provar. Até o momento em que esfaqueei um chicharro que tinha acabado de fisgar. Um caldo tinto escorreu pela lâmina. Fui até a beirada e banhei a tira de peixe na água do mar. O gosto intenso se avolumou entre os meus dentes. Cuspi com nojo. No recuar da onda, vomitei o que restou do café da manhã e, depois, algo viscoso e amargo. A tontura e a dor de cabeça cessaram. O nojo da carne crua, não.

Praia Vermelha do Centro

A faísca estala da fogueira, subindo alto, até se perder no céu. A lua está cheia e a noite clara. Ela segura minha mão e guia nossos pés descalços para longe da conversa. As vozes diminuem e se confundem com o barulho das ondas que quebram na areia grossa. Ela diz que adora meu sorriso no escuro. Suas pupilas se dilatam sob as estrelas cadentes. Todo verão, jovens compartilham cigarros e juras que não se cumprem.

Praia do Tenório

O apito tinha urgência. Os gritos tinham urgência. Assim como afogamentos, infartos, atropelamentos e dores de barriga. O casal também tinha as suas urgências. Ali mesmo, entre os banhistas. Eu não reparei. Meus sobrinhos não repararam. O salva-vidas reparou. E não sossegou até o casal deixar a água, ajustando as partes de baixo, sob vaias públicas e aplausos obtusos.

Praia Grande

Ao abrir a geladeira, o cheiro de peixe enche a casa. Reviro o congelador, as vasilhas de feijão e o saco de frutas. Nenhum vestígio nas panelas, no forno ou no banheiro. Escovo os dentes, tomo banho e troco de roupa. O cheiro não arreda pé. Cheiro grande, pesado. Aproximo o nariz das solas dos sapatos. Borracha, grama e bosta seca. Saio pedalando pela cidade e o cheiro me encontra a cada esquina. Guio a bicicleta pela orla e o cheiro ainda mais perto, parece tomar toda à orla. Ao chegar à praia, descubro que a jubarte encalhou em nossas areias durante a madrugada.

[SUL]

Praia das Toninhas

No inverno, o chapéu-de-sol não faz sombra, a água não refresca. No inverno, a praia é fria. As pessoas, elas perdem o sorriso? Os dentes apodrecem diante das nuvens? O humor se esconde em dias assim? Até o cigarro cisma em queimar mais devagar. A fumaça é da cor do céu, da areia, dos banhistas. Será que a alegria é apenas para cabeças ensolaradas?

Praia do Godói

Algazarra de caxinguelês tira a atenção da boia de pesca que fosforesce a tarde sem sol. Nestas quase quatro horas de pescaria, peguei um bagre, dois chicharros e um espinhoso qualquer. O suficiente para aquietar a fome de meus filhos.

Praia de Itapecerica

A mata é fechada, mas a vista é bonita. O mar é agitado, mas a água é azul. A pedra é escorregadia, mas só quando chove. O dia está quente, mas a sombra da árvore refresca. Uma hora de trilha, mas a volta costuma ser mais rápida. Não tem muito o que se fazer nesta pequena porção de areia, mas o que você queria não era fugir da agitação? É que tem dias em que tudo é assim: mais para menos, menos para mais.

Praia da Tapiá

No dia da maré estranha, a água estava turva. Por mais que mergulhasse em busca dos dois corpos, as ondulações não permitiam que a gente os alcançasse. Os mais antigos dizem que o mar tem o direito de levar um por dia. No dia da maré estranha, nessas ocasiões em que o mundo dá de ombros, os deuses abriram uma exceção. Foram dois. As almas dos afogados coloriram o céu de cinza-chumbo. Um peso tão difícil de carregar que, até hoje, não sei como regressamos daquelas trilhas em meio ao temporal.

Praia de Fora

As ondas são suaves aqui na praia de Fora. A areia mais branca, a água mais azul e a mata mais Atlântica. A maria-farinha é mais ligeira. Aqui de fora até o presídio da Ilha Anchieta parece mais acolhedor.

Prainha da Enseada

Vaivém, em vão. Artifícios não duram. Isca artificial é para turistas. Os antigos pescadores sabiam conduzir uma boa conversa, enquanto colocavam camarões de verdade na ponta do anzol. Hoje é uma mentira só, isca sem cheiro, plástico sem gosto. Pessoas são parecidas com peixes. Vez ou outra, também se deixam fisgar por uma boa enganação.

Praia da Enseada

Mergulho no breu. O pintor conhecia cada tonalidade da areia dura, cada movimento de mar calmo, suas nuances e texturas. Do mergulho no escuro dos dias, as braçadas no infinito, o sal nos olhos dos dedos, as ondulações nos cabelos do estômago, o mormaço na nuca do cotovelo. Cubismo *in natura*. O Antonio Gomide, mesmo cego, sabia.

Praia da Boa Vista

Uma porção de areia cercada por pedras. A natureza é meio parecida com a civilização. Já percebeu? Muitos muros já foram construídos e muitos muros já foram derrubados pela história.

Praia da Santa Rita

Oitenta e quatro degraus. Oitenta e dois. Mania de teimar com velho. Como será que aqueles carrinhos de sorvete desceram os oitenta e dois degraus? Oitenta e quatro. Quero ver aquela galera chapada subir tudo isso. Olha aquele rapaz com três cadeiras de praia, mais o guarda-sol enfiado no sovaco. O garotinho enroscou nos primeiros dez. A mãe já está no décimo quinto. Sobrou para o pai, o das três cadeiras e do guarda-sol no sovaco. Quero ver pegar o garotinho. A mãe só bufa. Lá vai ele. Enfiou o garotinho no outro sovaco. A mãe nem para segurar as cadeiras. Boa tarde. Subida difícil? Oitenta e quatro degraus com guarda-sol, criança e três cadeiras não é para qualquer um. Oitenta e três. Como é que é? Oitenta e três degraus. Fui contando e quando reparei já tinha subido.

Praia do Perequê-Mirim

O trator náutico leva a lancha à soltura. Feito filhotes de tartaruga, a gente ganha o mar em direção à Ilha Anchieta. Viver trancafiado num lugar paradisíaco também pode ser uma experiência infernal.

Prainha do Promontório

Passei a vida inteira fazendo e desfazendo amarrações. Agora esse embrolho, não consigo desatar. Essa é a última vela azul que acendo para a senhora, minha rainha. Se apagar, apagou. Amanhã, eu não volto mais.

Praia Brava do Perequê-Mirim

A tarde cai rápido. E o veleiro ali em sua lentidão de paisagem. Falta de vento e de pressa. Um amigo disse que eu deveria ter um veleiro. Sou calmo. Sou paisagem. Paisagem demora para desbotar. Como as penas escuras do pássaro mergulhão que, de cima da pedra, espia a maré. As aves marinhas sabem o momento exato de afundar. Diferente das chumbadas e anzóis enroscados nos galhos que beiram a praia. Não voam e já não afundam. Deve ser fácil afundar um veleiro. Se eu tivesse um, compraria chumbadas e anzóis novos.

Praia do Lamberto

Veliger II é um barco-escola, ancorado na base do Instituto de Oceanografia da USP. Lá, eles ensinam aos universitários os diferentes tipos de ondulações e marés, ensinam a navegação guiada pelas estrelas e a melhor lua para matar peixe. Lá, na Praia do Lamberto, os letrados aprendem a ler o que as cartas náuticas não ensinam.

Praia do Codó

Embrenhado na mata, está o pequeno chão irregular de pedras que cutucam os calcanhares, não permite cangas e nem banho de sol. Embrenhada na mata, está a pequena Praia do Codó. Lugar de silêncio atento, onde cada mergulho emerge uma braçada de susto na mata.

Praia Saco da Ribeira

O primeiro barco a motor registrado na colônia de pesca de Ubatuba data de setembro de 1956 e foi construído pelo francês Jean Pierre Patural. Ele fez o próprio barco. Não contente, fez também o próprio avião, no quintal de casa. Apressado, morreu num desastre aéreo antes mesmo da rodovia ser aberta e este píer ser inaugurado. Visionário, não previu o rápido progresso do turismo náutico. Senão, teria trocado a produção de bananas no Sertão do Ubatumirim por um estaleiro no Saco da Ribeira.

Prainha da Ribeira

Na rampa da pequena garagem náutica, estaciono a memória na pergunta que vem do raso: esse pedaço de areia é uma praia?

Praia da Ribeira

A areia grossa ganha o alaranjado. Os barcos e suas velas ganham o mesmo alaranjado. Uma coloração que se espalha pelas montanhas e tinge as pegadas do velho cão. O velho cão que agora late, late e late ainda mais para o pássaro ancorado no galho. Escuto o latir do velho cão e sigo, sem dar a mínima, ao pássaro, ao galho, aos barcos e a esse alaranjado.

Praia da Dionísia

Os esquilos serelepes saltam de uma árvore para a outra, num pega-pega. Um casal feito nós dois. Apesar da idade, continuamos ágeis. Descemos a trilha como quem vai de um cômodo ao outro da casa. Já passamos da fase do pega-pega. Mas, se bobear, ainda subo nuns galhos, escalo umas pedras, só para ouvir você me chamar de serelepe.

Praia do Flamengo

As tartarugas flutuam ao lado dos mergulhadores, os peixes se esfregam nos corpos dos banhistas. Entediado ao pé da areia, o balanço de madeira segue solitário, no ritmo da brisa que desfolha os chapéus-de-sol.

Praia do Flamenguinho

Arraia é borboleta que nada, peixe que voa. Quando não bate as asas-nadadeiras fica quietinha no fundo de areia à espera da presa. Não à toa, o golpe rabo--de-arraia da capoeira é inspirado na letalidade dos ferrões da sua cauda. Mergulhando, eu vi uma arraia brincando com sua cria, e elas pareciam mesmo jogar capoeira.

Praia das Sete Fontes

Na trilha das Sete Fontes, encontrei a ânsia da mata, cheiro de flores murchas e chorume de frutos apodrecidos. Na trilha das Sete Fontes, há beleza nos caroços abandonados, musicalidade nos zunidos das moscas. Na trilha das Sete Fontes, encontrei a surpresa do visgo entre os vãos dos dedos, escorrendo pela sola do pé. Jacas em decomposição.

Praia da Sununga

O mar está grande, já faz três dias. O surfista caiu da prancha, bem na triangulação das ondas. Os curiosos esperam o retorno dos guarda-vidas com desalento. Os locais avisam. Mas os turistas insistem em desdenhar. Esse aí era caiçara migrado de águas mais calmas, foi o que noticiaram os telejornais. A Sununga é sedutora. Mas sua gruta vela noites sem romances.

Praia do Lázaro

Sempre achei que a fé é companheira da tristeza. Não entendo muito bem a lógica de Deus, mas entendo a aflição do meu sobrinho nesta tarde chuvosa. Há cerca de um mês, seu amigo abandonou o seminário para assumir a própria sexualidade. Enquanto caminhávamos sobre as areias ainda úmidas, meu sobrinho recebeu a mensagem de que este mesmo amigo tinha acabado de partir. Jogou-se da canoa amarrado a um pedaço de concreto.

Praia Domingas Dias

Desinibida na areia, se despia para o sol. Pecinha por pecinha, lançadas sobre a toalha de praia. Puro capricho. O corpo bronzeado por tardes inteiras de tédio realçado pelo amarelo ouro do biquíni. Biquinho para a selfie. Que boca. Que foto. Que calor. E o picolé de uva escorrendo entre os dedos do menino.

Praia da Palmira

Só não virei surfista por preguiça. Tenho preguiça de remar atrás de onda, imagina remar atrás de uma praia. Duas horas de remada. Esse sol na cabeça, essa prancha grande e pesada. Ainda bem que, na travessia, não tinha vento e nem onda. Sou preguiçoso. Ainda bem que não encontrei ninguém na prainha. Imagina ter que puxar assunto. Olha a tartaruga. Olha a cor desse mar. Dia bom, não? Logo eu, ter que dividir essa sombra toda com um montão de gente? Preguiça.

Praia da Barra

A água doce tinge lentamente a maré. Sem fundo apa-
rente, os banhistas flutuam alegremente entre os cardumes camuflados de rio.

Praia Dura

Caminho pelas areias grafites da Praia Dura, o sol de fim de tarde refletindo seus raios nas lentes escuras dos meus óculos. Não percebo a garça encolhida sobre a pedra. Nem consigo enxergar com nitidez os belos jardins pé na areia. A felicidade dos raios de sol refletidos nas lentes escuras dos meus óculos. Nas areias grafites da Praia Dura, fico entusiasmado com o helicóptero pousado num gramado, rodeado por palmeiras. Nas areias grafites da Praia Dura, torço pelos meninos e meninas com suas longas pranchas, deslizando as pequenas ondas. A leveza da vida transparecendo nas lentes escuras dos meus óculos. De repente, a pedido dos seguranças, retirei os óculos escuros e vi, ao procurar meus documentos, o quanto a minha miopia avançava.

Prainha do Tesouro

A toca da jaguatirica agora é toca de gente molhada. Quando chove na prainha secreta, não tem por onde se esconder, você já está escondido. As bromélias da trilha viram lagoas para insetos e você acaba ensopado de desassossego. Não sei o que incomoda mais, picada de borrachudo ou estrondo de trovão.

Praia do Doca

Uma pequena costeira. As pedras parecem esculturas. Uma exposição abstrata, permanente e contemporânea há pelo menos alguns milhões de anos. Esculpidas incessantemente pela natureza, essas pedras se renovam a cada maré. Interativas. Essa pequena e bela costeira exige imersão. Prefira a maré baixa e dias ensolarados, a luz outonal é perfeita para registros fotográficos.

Prainha da Vermelha

Isolamento contemplativo. É isso que a gente pratica enquanto navega por longas distâncias. Tudo bem, só estou remando em pé sobre uma prancha. Não faz nem quinze minutos e meus pensamentos já me levam até o Havaí. Foi lá que nasceu o surfe, mas foi na Califórnia que as pranchas ganharam novos formatos. As primeiras pranchas eram de madeira e pesavam mais do que um homem poderia carregar. Nem sei de que tipo de material é feita essa prancha que remo com leveza e um ar de experiência. Também, nada disso importa. Apenas o foco, o foco no meu isolamento contemplativo.

Praia Vermelha do Sul

Perguntei para um artista plástico caiçara quantos tons de vermelho eram possíveis ao misturarmos as tintas. Ele disse que os tons dependem da luminosidade e da quantidade de água. Na maré vazante, por exemplo, as areias da praia Vermelha do Sul ganham tonalidades diferentes das marés cheias. Isso vale para as fases lunares e para as horas dos dias. Apanhei um punhado de areia e percebi que as cores nada mais eram que uma mistura da natureza. Querer reproduzir estas colorações se mostrava uma tarefa inútil. O melhor a se fazer é sentar e ficar assim, sem pressa ou explicação.

Praia do Mocó

Sentiu o belisco? Outro tranco. Tira essa latinha do beiço e corre lá. A vara tá que tá envergada. É parrudo. Anda. Levanta. Deixa a latinha aí mesmo. Depois pega. Anda. Dá linha antes que arrebente. Caramba. Parrudo mesmo. Enrola, enrola. Tá vindo? Puxa mais. Danado. Parrudão. Gosto assim. Teimoso. Parrudão teimoso. Enrola mais. Isso. Vem. Vem que a cerveja tá no jeito.

Praia do Costa

No mar, braçada afobada é sinal de afogamento. Repare só como os nadadores mais hábeis exibem os movimentos dos braços em sincronia com os movimentos das pernas. Nadar exige calma e confiança no tempo do fôlego. É o que percebi enquanto o menino se debatia na água. Respira e mergulha. Relaxa e sente, viu?, o corpo flutua. E é nessa calmaria que ele agora bate os braços e as pernas, voando no azul.

Praia Brava da Fortaleza

A série entrou. Outro estrondo da nuvem, junto ao estrondo da segunda onda. Bem na cabeça. Água no ouvido. Cachola no drope. Vai, vai, vai. Dropa. Agora. Isso. Engoliu a prancha? Outro relâmpago. Rápido. Saiu? Onda cavada e grande. Escolheu a maior da série. Burro. E não é que conseguiu? Tá mais duro que pau d'água. Treme não. Isso. Dobra a perna. Dobra. Dobra. Isso. Conseguiu. Conseguiu sair vivo. A primeira e última onda que pegou na vida. Eu vi. Outro relâmpago na espuma.

Praia da Fortaleza

O sol do fim de outono aquece nossa pele, que se arrepia em contato com a canga úmida que cobre a areia escurecida. Resquícios da maré que se esvai. Pensei em partir diversas vezes. Mas pra onde? Sem destino, os barcos permanecem atracados, juntando cracas em seus cascos. De porto em porto, de colo em colo, a passividade se faz em rugas. As mesmas rugas que recebem com alegria o sol de fim de outono. Permanecemos à deriva.

Prainha da Fortaleza

O sol envelhecendo e eu brincando de ser menino. Aprendo muito com o cardume de sargentinhos que rodeia as migalhas lançadas ao mar. Se a gente fosse um cardume, esses peixes seriam multidão. Famintos.

Praia Cedro do Sul

Lagartos estendidos na quentura da pedra. Depois de algumas horas, nos acostumamos com o mormaço, com as lambidas de sal nos lábios. Nos acostumamos com os jovens que furam as ondas e tragam cigarros de palha em rodas de conversa. Somos lagartos em meio aos chinelos abandonados ao sol, acostumados com a quentura da pedra.

Praia do Deserto

Deserto é uma praia-oásis. Chegar ao Deserto é chegar a uma realidade-miragem. Depois de horas de caminhada, o mar verdeazula a cabeça. A areiamarelada descansa, à sombra, os pés de árvores e os meus, descalços de preocupações.

Praia Grande do Bonete

De quem é a cadeira vazia no jardim? De quem é o vazio verde e espaçoso? De quem? Meu é que não é. Tô cheio dessa trilha, desse sol, dessa areia, desse mar. Quem precisa de toda essa beleza? Quem? Só essa cadeira para ficar assim, toda debruçada. Viu o zelo das orquídeas? Prestou atenção nas bromélias? Quem precisa disso? Esse sal na garganta. Quem merece uma praia tão grande, uma água tão limpa. Quem precisa disso tudo? Quem?

Praia do Bonete

Somos cem homens. Biólogos, pescadores, bombeiros, jornalistas e curiosos. Somos cem homens em uma missão de resgate. Somos cem homens fortes e cansado. Passamos mais de dez horas sem avançar. A maré está agitada. As ondas quebram com força. Somos cem homens agonizando juntamente com a jubarte, no raso.

Praia do Peres

Anda cara, rema, bora lá, cansou? Vai um gole? Como? Cachaça, você quer? Trouxe? Sim. Mas antes, diz aí. Diz aí o quê? Qual o meu nome? E isso importa? Mais do que a lua. Conversa rapaz, passa a garrafa. Só se você me beijar.

Praia do Oeste

Uma praia de passagem. Todo mundo passa, poucos reparam. Na altura do marisco. Na marcação da maré na costeira. Na ave que parece um martim pescador, mas pode ser uma gaivota ou uma garça. Poucos se importam. Melhor para a tartaruga que mais parece uma pedra submersa em um não-lugar. O mesmo não-lugar em que todo ano, acompanhado do isopor, aprecio o fim de tarde.

Praia da Lagoinha

O sol no ângulo. Entre a trave e o travessão, interrogações. Queriam mais detalhes. A gente só queria voltar para a casa, alugada para o fim de semana. Não precisava do tapa. Eu só passei a bola. Eu sempre passo a bola. A bola. Não tinha bola nenhuma. Só entrave. Entre a trave e o travessão do futebol, o sol no ângulo. Capitães de Areia enquadrados em tarde descalça.

Praia do Sapê

A areia engrossa o passo e atola as rodas do carrinho de sorvete. Maracujá, coco, morango, chocolate. O mais vendido é o de uva. Por sinal, o preferido do garoto de óculos de grau e boné desbotado. É o segundo que ele pede sem tirar os olhos estrábicos do mar. As ondulações tubulares são raras por aqui.

Praia da Maranduba

O rosa aceso das boias infantis infla as bochechas dos pais desavisados. Eles acreditavam ingenuamente que um picolé de morango seria suficiente para saciar as vontades de praia da garotinha. Ainda mais depois que ela se enrolou toda numa canga de estampas psicodélicas enquanto experimentava um chapéu de palha em promoção numa barraca de bugigangas coloridas.

Praia do Pulso

O mar, quando quebra na praia, é bonito, é bonito. A canção de Caymmi ecoa um passado que nunca existiu por aqui. Essa praia não tem onda, nunca teve. Nada acontece embaixo das árvores, dentro da água gelada. Nem um afogamento, salto de peixe, mergulho de gaivota ou um resmungo do velho casal sentado sobre as gramíneas tão bem cuidadas.

Praia da Caçandoca

Abolição sem terra, continua a escravidão. Em um quiosque quilombola, as saíras-sete-cores devoram as sobras do prato de cação servido aos turistas. O cação é tubarão enquanto está livre, ao mar. Uma vez capturado, se dá o nome de cação. Um eufemismo para o rito que realmente é devorar postas de tubarão com as mãos lambuzadas de gordura. As saíras-sete-cores, em debandada, retornarão amanhã, no mesmo horário, em busca de novas sobras.

Praia da Caçandoquinha

Conchas partidas, trituradas, quase areia. Fragmentos biológicos de morada, sobras de existência, resistência, insistência? A luta dos quilombolas remanescentes nesta região é pela terra titulada, o direito à moradia. Conchas-escudos travando suas batalhas às margens do Atlântico.

Praia da Raposa

Chinelos não são os melhores calçados para se fazer uma trilha. Definitivamente, não. Os dedos escorregam pela lama que inunda a superfície de borracha. A lama que se forma na trilha depois de quatro dias de chuva é constante, como os tombos e as torções. Ao percorrer a trilha calçando chinelos, nem percebi a peçonha camuflada entre as folhas. A distração era com os tornozelos inchados.

Praia Saco das Bananas

A fogueira chamuscou as últimas bananas verdes. A canoa regressa com as redes vazias. Estamos em três e sem comida há mais de quarenta e oito horas. A noite não avança. Daria tudo por um punhado de sal.

Praia do Simão

A mata nativa forma uma cortina verde ao longo da trilha. E toda coloração ganha destaque, como o bico alaranjado do tucanuçu que roça o cacho da palmeira juçara em busca de alimento. Como o meu cadarço amarelo que insiste em desamarrar a todo instante.

Praia da Lagoa

Na trilha da Lagoa, encontrei um sapinho de cores vibrantes. Seu veneno pode matar um homem. E pensar que tudo começa na água, ainda girinos, os sapinhos facilmente confundidos com filhotes de peixes. Só com o tempo é que ganham patas e passam a viver fora da água. Isso se não forem engolidos antes.

Praia Mansa

Todo mundo nu. Foi o que aconteceu naquele verão. Eu que só estava de passagem também fui logo tirando a roupa e caindo na água. Nada mais natural que os corpos expostos à luz solar por inteiro. Taí algo que deveria entrar em extinção: as marquinhas de biquíni. Essa caretice civilizatória travestida de sensualidade. A partir de agora, sigo com os naturistas.

Praia da Ponta Aguda

Um casal arisco, devem ter pensado os carcarás. As aves de rapina são mais de campo que de praia e, com a nossa aproximação, elas arriscam um sobrevoo ao mar. Feito gaivotas, se afastam. Feito gaivotas, a gente mergulha, ariscos com a água gelada.

Praia da Figueira

Uma libélula vermelha escolheu passar suas últimas horas em um galho da Figueira. Uma visão efêmera do paraíso, selvagem e sublime. Já sem vontades, a libélula vermelha apenas se contenta com as cores do tiê-sangue, os saltos rápidos do tangará dançador e o susto do riacho ao encontrar a agitação das ondas. Enfim, mar.

Praia das Galhetas

Para cada cais abandonado, remo à deriva. As redes seguem sem pescados. E os cardumes de caiçaras? Se diluem na multidão que se aglomera embaixo dos guarda-sóis coloridos em mais uma tarde ardida. Troncos livres de canoas.

Tronco de Canoa

Recolhe a rede e fecha a janela, antes que embarace. Sentiu o ar quente? A mata está inquieta. É noroeste. O último tronco caiu depois de um raio. Agora ventania. Tomara que caia um guapuruvu. Apodrece rápido, mas quando não dá de apodrecer é mais fácil de talhar e trazer na amarra. Da última vez, a licença para canoar o tronco levou mais de ano. É logo que tudo acaba. Já nem fazem mais canoeiros. Já nem crescem mais árvores. O que tem, tem. Eu já dei o que tinha. A talha está difícil, a enxó já não cavouca direito. A última canoa, boca de setenta, levei mais de mês para fazer. Ficou aprumada que era um deslize só na água. Pintei de azul e branco. Tradição de canoeiro, todo ano lá na Festa de São Pedro. Na última, os meninos pintaram um remo bonito para mim. Disseram que eu era artista também. Ouviu?! Veio lá de trás da jaqueira. Pelo estrondo, deve ter sido um ingá flecha. E se o meu ouvido ainda estiver bom, foi beirando a trilha da desova.

Agradecimentos

À população caiçara de Ubatuba, raízes deste tronco que se faz palavras.

Aos coordenadores do curso de Formação de Escritores do Instituto Vera Cruz, Márcia Fortunato e Roberto Taddei, pelo acolhimento deste projeto.

Aos professores, Bruno Zeni, Carol Zuppo Abed, Fabrício Corsaletti, Gabriela Aguerre, Isabela Noronha, Joca Reiners Terron, Julián Fuks, Marília Garcia, Roberto Taddei e Vanessa Ferrari, incentivadores da escrita.

A todos os colegas de curso — Alberto Lung, Alexandre Matos, Ana Carmen Foschini, Cristina Coin, Doris Camacho, Helena Machado, João Reis, Leonilia Ribeiro, Leticia Martines, Lucas Braga, Luis Octavio, Marcio Pereira, Marina Leão, Mario Martello, Priscila Nicolielo, Rafael Oliva, Renata Fiorenzano, Victor Pedrosa Paixão —, atravessamos uma pandemia juntos. Mais de seiscentos mil brasileiros mortos durante o período letivo (2020/2021). A angústia pessoal de se escrever ficção não é nada comparado aos horrores sociais presenciados neste período.

Aos meus familiares, pelo encorajamento, especialmente à Anna, minha companheira de trilhas e da vida. Testemunha das paisagens reais e imaginárias retratadas nesta obra.

Este livro foi composto em Minion Pro
e impresso em papel pólen bold 90 g/m²,
em agosto de 2023.